MAGISTRALE

DAVID **HARLEY**

MICHAEL **JÄGER**

JÜRGEN **PALMTAG**

VOLKER **SAUL**

Zur Architektur die Kunst

Immer seltener werden Künstlerinnen und Künstler zur Realisierung von Kunstprojekten im öffentlichen Raum oder zu Wettbewerben Kunst am Bau eingeladen. Städte, Landkreise und Landesbehörden als Träger großer Baumaßnahmen begründen dabei ihre Zurückhaltung meist mit unverschuldet entstandenen strukturellen Defiziten in ihren Haushalten[1] oder mit anderen Pflichtaufgaben, die vordringlicher seien. Und auch wenn die Verfassungen der Länder oder die Landesbauordnungen in schönen Worten[2] Rahmenbedingungen für die Einbindung von Kunst am Bau empfehlen, bedarf es doch der letztendlichen Entscheidung der verantwortlichen Gremien vor Ort, wenn zeitgenössische Kunst im architektonischen Kontext eingebunden werden soll.

Bei der Realisierung des neuen Schwarzwald-Baar Klinikums in Villingen-Schwenningen[3] hatte die Geschäftsführung und der Aufsichtsrat der Schwarzwald-Baar Klinikum Villingen-Schwenningen GmbH vereinbart, dass Baugestaltung und bildende Kunst zu einer Einheit von künstlerischem Rang zusammenfinden sollten. Zur Sicherung künstlerischer Qualität wurde vom Aufsichtsrat ein beratendes Fachgremium, die Expertenkommission, eingesetzt mit der Maßgabe, eine Gesamtkonzeption zur Realisierung der Kunst am Bau zu entwickeln.[4]

Diese Aufgabe wurde der Kunsthistorikerin Isabell Grüner vom Robert-Bosch-Krankenhaus Stuttgart, der Kunsthistorikerin und stellvertretenden Direktorin Dr. Simone Schimpf[5] vom Kunstmuseum Stuttgart, der Künstlerin Prof. Tina Haase von der Technischen Universität München, Fakultät für Architektur, dem Künstler und Vorsitzenden des Künstlerbunds Baden-Württemberg Prof. Werner Pokorny und dem Architekt AIV Dipl.-Ing. Ralf Landsberg als verantwortlichem Planer des Klinik-Neubaus von der HDR TMK, Planungsgesellschaft mbH Düsseldorf übertragen. Dieses Gremium wurde durch Rolf Schmid, Geschäftsführer der Schwarzwald-Baar Klinikum Villingen-Schwenningen GmbH, Jürgen Pfaff vom Rottweiler Büro faktorgrün, das die Freiraumplanung verantwortete, und mir als Leiter der Städtischen Galerie Villingen-Schwenningen beratend unterstützt.[6]

Bei der konstituierenden Sitzung der Expertenkommission[7] wurden die Baumaßnahme und die Freiraumplanung anhand von Entwürfen und Bauplänen vorgestellt und die Aufgabenstellung „Gesamtkonzeption Kunst am Bau" für das im Rohbau befindliche Schwarzwald-Baar-Klinikum erläutert. Bei diesem ersten Treffen entschieden die Mitglieder der Expertenkommission, sich durch einen Besuch im Robert-Bosch-Krankenhaus in Stuttgart[8] über das Kunst- und Kulturkonzept dieses renommierten Hauses zu informieren. Bei dieser Gelegenheit erörterte Beate Hill-Kalusche, Freie Kuratorin im Herzzentrum Bad Krotzingen, in einem Fachvortrag die Bedeutung und den Einsatz kultureller Angebote im Klinikalltag für den Genesungsprozess. Im nächsten Schritt besichtigte das Gremium die Rohbaustelle und diskutierte über verschiedene für die Auslobung eines Wettbewerbs in Frage kommende Bereiche. In Anbetracht der Größe des Bauvorhabens und der bereitgestellten Mittel für die Kunst am Bau entschied das Gremium, sich auf den Haupteingang, das Foyer und die Magistrale[9] zu konzentrieren und diese für den Wettbewerb vorzuschlagen. Für diese drei Orte wurden nach ausführlichen Diskussionen jeweils fünf Künstlerinnen und Künstler benannt, von denen das Gremium überzeugt war, dass sie die gestellte Aufgabe meistern. Zugleich wurde festgelegt, dass die fünf eingeladenen Künstlerinnen und Künstler, die für die Gestaltung der Magistrale nominiert waren, ihren bildnerischen Entwurf auch im Zusammenwirken mit zwei bis drei von ihnen ausgewählten Künstlerinnen und Künstler einreichen konnten. Die 15 Künstlerinnen und Künstler trafen sich am 3. März 2011 mit den verantwortlichen Architekten und Bauleitern sowie Mitgliedern der Expertenkommission zum Kolloquium, bei dem vielfältige Fragen beantwortet und weiterführende Informationen zu technischen, bauphysikalischen und organisatorischen Themen ausgetauscht wurden. Im Anschluss nahmen die Künstlerinnen und Künstler die jeweils bestimmten Bereiche zur künstlerischen Gestaltung in Augenschein. Um die bildnerischen Überlegungen und Entwürfe zu erarbeiten waren drei Monate Zeit bis zur Abgabefrist am 15. Juni 2011 eingeräumt.

Zur Jury-Sitzung am 20. Juni 2011 konnten alle Künstlerinnen und Künstler ihre Wettbewerbsvorschläge der Jury, bestehend aus der Expertenkommission und erweitert durch Sachpreisrichter aus dem Aufsichtsrat[10], persönlich erläutern. Die Jurymitglieder nutzten die Gelegenheit, weitere Informationen zu den einzelnen bildnerischen Entwürfen im direkten Gespräch zu erfahren. In intensiver Auseinandersetzung mit den eingereichten Arbeiten wurde dann in nichtöffentlicher Sitzung Werk für Werk in seiner künstlerischen Qualität und seiner Präsenz und Eignung für den jeweiligen Ort, für den es entwickelt wurde, besprochen, verglichen, und bewertet. Nach ausführlicher Diskussion empfahl die Jury dem Aufsichtsrat die zwei-

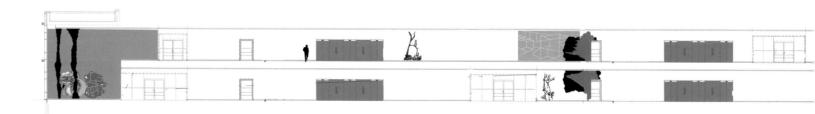

Art for the Architecture

It is with increasing rarity that artists are invited to realize art projects for public spaces or to participate in "art-in-architecture" competitions. As sponsors of large construction projects, cities, counties, and state authorities reason their reluctance, for the most part, with structural deficits in their budgets through no fault of their own[1] or with other responsibilities they feel to be more pressing. And even when the constitutions of the Länder or the state building codes contain recommendations couched in elegant language[2] for providing framework conditions that include art in architecture, a decision is nevertheless required from the local authorities whether indeed contemporary art is to be integrated into an architectural context.

For the realization of the new Schwarzwald-Baar Clinic in Villingen-Schwenningen[3], the management and the supervisory board of the Schwarzwald-Baar Clinic in Villingen-Schwenningen, Inc. agreed that the building design and the visual arts were to combine to achieve a unity of artistic distinction. To ensure the artistic quality, the supervisory board instituted an advisory group on the subject, a commission of experts, stipulating that an overall concept be developed for the realization of the art-in-architecture.[4]

This task was assigned by the HDR TMK, Planning Company, Inc., in Düsseldorf to art historian Isabell Grüner from the Robert-Bosch-Krankenhaus (Hospital) in Stuttgart, art historian and deputy director of the Kunstmuseum (Art Museum) Stuttgart Dr. Simone Schimpf,[5] the artist Prof. Tina Haase from the Technische Universität (Technical University) Munich's Department of Architecture, the artist and chairman of the Künstlerbund (Association of Artists) Baden-Wuerttemberg, Prof. Werner Pokorny, and the architect AIV Master of Engineering Ralf Landsberg as the planner in charge of the new clinic building. Serving this group in advisory functions were Rolf Schmid, Managing Director of the Schwarzwald-Baar Clinic Villingen-Schwenningen Inc., Jürgen Pfaff from the Rottweil office of faktorgrün, in charge of planning the free spaces, and myself as director of the Städtische Galerie Villingen-Schwenningen.[6]

At the constitutive meeting of the commission of experts,[7] the building measures and the planning of the open spaces were presented on the basis of designs and construction plans. Furthermore, the definition of what was to be accomplished, i.e., the "Overall Concept for Art in Architecture",

for the Schwarzwald-Baar Clinic, which was then in a phase of shell construction, was elaborated on. For this first meeting, the members of the commission of experts decided to pay a visit to the Robert-Bosch Hospital in Stuttgart[8] in order to gather information about the art and culture concept at this renowned institution. On this occasion, Beate Hill-Kalusche, freelance curator at the Herzzentrum (Heart Center) Bad Krotzingen, gave a specialist lecture on the significance and value of cultural offers for the recuperation process in the everyday hospital environment. In a next step, the group visited the shell construction site and discussed what areas would come into question when organizing the competition. Considering the scope of the construction project and the financial means allotted for the art-in-architecture projects, the group decided to concentrate on the main entrance, the foyer, and the main access way[9] and suggest them for the competition. Following a lengthy discussion, for each of these three locations five artists were named, whom the group felt convinced that they would be able to master the task at hand. At the same time, it was decided that the five men and women artists, who had been nominated for the design of the main access way, be allowed to submit their creative designs in conjunction with two to three other artists of their choice. On 3 March 2011, the 15 men and women artists met with the architects and construction managers in charge as well as with members of the commission of experts for a colloquium, during which all kinds of questions were answered and detailed information discussed concerning technical, physical construction and organizational topics. Afterwards, the artists had a closer look at the respective areas to be artistically designed. A deadline of three months was allotted for the submission of the designs on 15 June 2011.

At the jury meeting on 20 June 2011, each of the artists had an opportunity to personally explain their competition proposals to the jury, consisting of the commission of experts and expanded with the prize judges from the supervisory board.[10] The jury members used the opportunity to gain more information about the individual artistic designs by speaking with the artists directly. Intensively engaging with the submitted works, there was a subsequent discussion in a closed session that dealt with, compared, and evaluated each work in terms of its artistic quality, presence, and suitability for the respective site for which it had been developed. After a thorough discussion, the jury recommended to the supervisory board that the two-part steel work **Der Linie lang** (Along the Line) by Robert Schad be realized

teilige Stahlarbeit **Der Linie lang** von Robert Schad für den Haupteingang, **Cosmic Knots** von Prof. Mariella Mosler als lumineszierende Neonobjekte für das Foyer und die malerischen Dialoge und Interventionen als in situ-Malerei mit dem Titel **QUARTETT** von Michael Jäger in Zusammenarbeit mit David Harley, Jürgen Palmtag und Volker Saul für die Magistrale zur Realisierung.

Simone Schimpf als Jury-Vorsitzende stellte dem Aufsichtsrat am 5. Juli 2011 alle 15 eingereichten Wettbewerbsvorschläge in einer power-point-Präsentation vor. Sie berichtete zudem über das Jury-Verfahren und erläuterte detailliert die fachlichen und sachlichen Entscheidungsgründe, die zum Empfehlungsbeschluss der Jury für die Entwürfe von Robert Schad, Prof. Mariella Mosler und Michael Jäger im Zusammenwirken mit David Harley, Jürgen Palmtag und Volker Saul führten.

In reger Diskussion setzten sich die Mitglieder im Aufsichtsrat mit den vorgestellten Entwürfen der Künstlerinnen und Künstler auseinander und besprachen aus ihrer Sicht das Für und Wider der drei zur Realisierung empfohlenen Vorschläge. Zudem erkundigten sich die Mandatsträger über

die persönlichen Stellungnahmen des leitenden Architekten Ralf Landsberg, des Geschäftsführers Rolf Schmid, des ärztlichen Direktors Prof. Dr. Ulrich Fink und der leitenden Pflegedirektorin Christa Dietel, die sich alle engagiert für die empfohlenen Vorschläge einsetzten. Auch ich wurde aus Sicht der Städtischen Galerie um Stellungnahme gebeten und stimmte den ausgewählten Entwürfen vorbehaltlos zu. Bei der Abstimmung entschieden sich dann die Mitglieder des Aufsichtsrats mit großer Mehrheit für die Realisierung der von der Expertenkommission empfohlenen Werke. Nach erfolgter Auftragserteilung durch die Geschäftsführung war die Kunst am Bau in bester Zusammenarbeit mit Oberbauleiter Dipl.-Ing. Architekt Markus Scholz von der HDR TMK, Planungsgesellschaft mbH Düsseldorf fristgerecht von der Künstlerin und den Künstlern zur Einweihung des neuen Klinikums am 6. Juli 2013 fertiggestellt.

Wendelin Renn

1 Darunter ist zu verstehen, dass die Ausgaben per anno größer sind als die Einnahmen.

2 So in der Verfassung des Landes Baden-Württemberg, Art. 3 c: "(1) Der Staat und die Gemeinden fördern das kulturelle Leben und den Sport unter Wahrung der Autonomie der Träger"; woraus in den Regularien zu den Bauordnungen Kann-Bestimmungen, ohne verpflichtenden Charakter werden. Vgl. Landtag von Baden-Württemberg, 13. Wahlperiode, Drucksache 13/1794.

3 Träger sind die Stadt Villingen-Schwenningen und der Landkreis Schwarzwald-Baar. Das Finanzvolumen des Klinikbaus betrug insgesamt 263 Millionen Euro.

4 Maßgeblich für die Zustimmung zum Wettbewerb Kunst am Bau war letztendlich für die Mitglieder im Aufsichtsrat neben der Transparenz und einer regelmäßigen Information in allen Verfahrensschritten sowie der persönlichen Begleitung der Arbeit der Expertenkommission durch den Geschäftsführer, dass die Entscheidungshoheit in allen zur Abstimmung anstehenden Fragen, insbesondere bei der finalen Entscheidung zur Beauftragung an die Künstler zur Ausführung ihrer Entwürfe, beim Aufsichtsrat selber verblieb.

5 Simone Schimpf ist heute Direktorin am Museum für Konkrete Kunst Ingolstadt.

6 Erste Anregungen zur Kunst am Bau hatte ich bereits am 4. Februar 2004 dem Bauträger schriftlich übermittelt. Am 11. Januar 2010 konkretisierte ich die Überlegungen und stellte ein mögliches Procedere zur Auslobung eines Wettbewerbs in einer Besprechung dem ersten Aufsichtsratsvorsitzenden Landrat Karl Heim und Oberbürgermeister Dr. Rupert Kubon, dem Geschäftsführer

Rolf Schmid, dem ärztlichen Direktor Prof. Dr. Ulrich Fink und der leitenden Pflegedirektorin Christa Dietel vor. Am 23. Februar 2010 entschied der Aufsichtsrat auf Empfehlung aus dieser Besprechung einen Betrag von 700.000 Euro für die künstlerische Ausgestaltung des Bauwerks bereitzustellen. Am 22. April 2010 stimmte der Aufsichtsrat dem von mir entwickelten Aufgabenkatalog der Expertenkommission und dem Vorschlag zur Besetzung der Expertenkommission zu. Die organisatorischen Aufgaben bei der Vorbereitung zum Wettbewerb und der Jury-Sitzung sowie die Koordination während der Realisierung der Kunstwerke wurden mir übertragen.

7 Die Sitzungen fanden am 21. Juni, 5. Juli, 24. September, 8. November und 7. Dezember 2010 statt. Am 22. Februar 2011 beauftragte der Aufsichtsrat die Geschäftsführung die künstlerischen Wettbewerbe wie vorgeschlagen auszuloben.

8 Im Robert-Bosch-Krankenhaus werden für die Patienten vielfältige kulturelle Angebote in Musik, Literatur und besonders in der Bildenden Kunst für den Genesungsprozess für wichtig erachtet.

9 Bezeichnung für den ca. 250 Meter langen Gang, der die zentralen Klinikbereiche erschließt.

10 In der Vorprüfung durch Damaris Dymke, Mitarbeiterin der Städtischen Galerie, und mir wurde festgestellt, dass alle angeforderten Unterlagen vollständig und termingerecht eingegangen waren. Sachpreisrichter waren stimmberechtigt: Karin Huy (CDU), Renate Gravenstein (SPD), Gerhard Janasik (FWV), Dr. Hans-Dieter Kauffmann (FDP); nicht stimmberechtigt: Rolf Schmid, Geschäftsführer; Dr. Rupert Kubon, Oberbürgermeister und Vorsitzender des Aufsichtsrats.

for the main entrance, with **Cosmic Knots**, luminescent neon objects by Prof. Mariella Mosler for the foyer, and the painterly dialogues and interventions as in situ paintings called **Quartett** by Michael Jäger, in collaboration with David Harley, Jürgen Palmtag and Volker Saul being favored for the main access.

In her function as the jury chairman, Simone Schimpf introduced to the supervisory board all 15 submitted competition bids in a PowerPoint presentation on 5 July 2011. In addition, she reported about the jury procedure, explaining in detail the specialized and functional motives for the decision, which led to the jury's recommendation of the designs by Robert Schad, Prof. Mariella Mosler, and Michael Jäger in collaboration with David Harley, Jürgen Palmtag and Volker Saul.

In dealing with the proposed artistic designs, an animated discussion was sparked among the members of the advisory board on the pros and cons of the three works recommended for realization. In addition, the members of the panel sought the personal views of the leading architect Ralf Landsberg, Managing Director Rolf Schmid, Medical Director Prof. Dr. Ulrich Fink

and the Director of Nursing Christa Dietel, who all wholeheartedly supported the recommendations. I, too, was asked for my opinion from the standpoint of the Städtische Galerie, and I upheld the selected designs without reservations. When the voting took place, a great majority of the members of the supervisory board voted for the realization of the works recommended by the commission of experts. After the management had commissioned the artists to realize their works, the art-in-architecture project was carried out in a best-possible cooperation between Senior Site Manager Dipl. Engineer Architect Markus Scholz from the HDR TMK, Planning Company, Inc., in Düsseldorf and the artists, who had completed their works on schedule for the opening of the new clinic on 6 July 2013.

Wendelin Renn

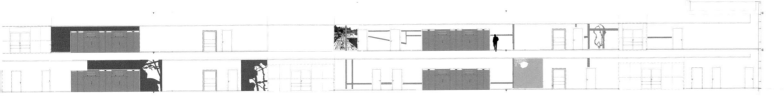

1 By this is meant that the per annum expenditures exceed the revenues.

2 Thus, the constitution of the Land Baden-Wuerttemberg states in Article 3c: "(1) The state and the communities promote cultural life and sports in accordance with the autonomy of the sponsors"; from this, discretionary provisions are derived in the regulations for the building codes that are not binding in character. Cf.: State Parliament of Baden-Wuerttemberg, 13th parliamentary term, printed matter 13/1794.

3 The sponsors are the City of Villingen-Schwenningen and the County of Schwarzwald-Baar. The financial envelope of the clinic building came to a total of 263 million euros.

4 What in the end proved to be essential for the members of the supervisory board to agree to the art-in-architecture competition, was that the power of ultimate decision in all questions that had to be voted on, particularly in the final decision for awarding the artists who would carry out their designs, remain with the supervisory board itself, in addition to the stipulations that transparency, ongoing information during all procedural steps, as well as a personal involvement of the managing director in the work of the expert commission were provided,.

5 Simone Schimpf is today the director of the Museum für Konkrete Kunst (Museum for Concrete Art) in Ingolstadt.

6 My initial suggestions for the art-in-architecture project were submitted in writing to the builder as early as 4 February 2004. On 11 January 2010, I substantiated these thoughts with concrete deliberations, introducing a plausible procedure for the organizing of a competition during a discussion with the first chairman of the supervisory board, County Commissioner Karl Heim, Lord Mayor

Dr. Rupert Kubon, Managing Director Rolf Schmid, Medical Director Prof. Dr. Ulrich Fink and the Director of Nursing Christa Dietel. On 23 February 2010, acting upon a recommendation from this discussion, the supervisory board allocated funds amounting to 700,000 Euros for the artistic design of the building. On 22 April 2010, the supervisory board approved the list of responsibilities I had developed for the commission of experts and the suggestions made for filling the positions as members of the commission of experts. The organizational responsibilities for preparing the competition and the jury meeting as well as the coordination during the realization of the artworks were delegated to me.

7 The meetings took place on 21 June, 5 July, 24 September, 8 November and 7 December 2010. On 22 February 2011 the advisory board charged the management with organizing the artistic competitions as suggested.

8 In the Robert-Bosch-Hospital, cultural offers in the areas of music, literature, and particularly in the visual arts are considered as being instrumental with respect to patients' recoveries.

9 This designation refers to the corridor, ca. 250 meters long, which opens up the central areas of the clinic.

10 The preliminary examination undertaken by Damaris Dymke, a colleague at the Städtische Galerie, and myself, ascertained that all necessary documents had been submitted in full completion on time. The following prize judges had a right to vote: Karin Huy (CDU), Renate Gravenstein (SPD), Gerhard Janasik (FWV), Dr. Hans-Dieter Kauffmann (FDP); not entitled to vote were: Rolf Schmid, Managing Director; Dr. Rupert Kubon, Lord Mayor and Chairman of the Supervisory Board.

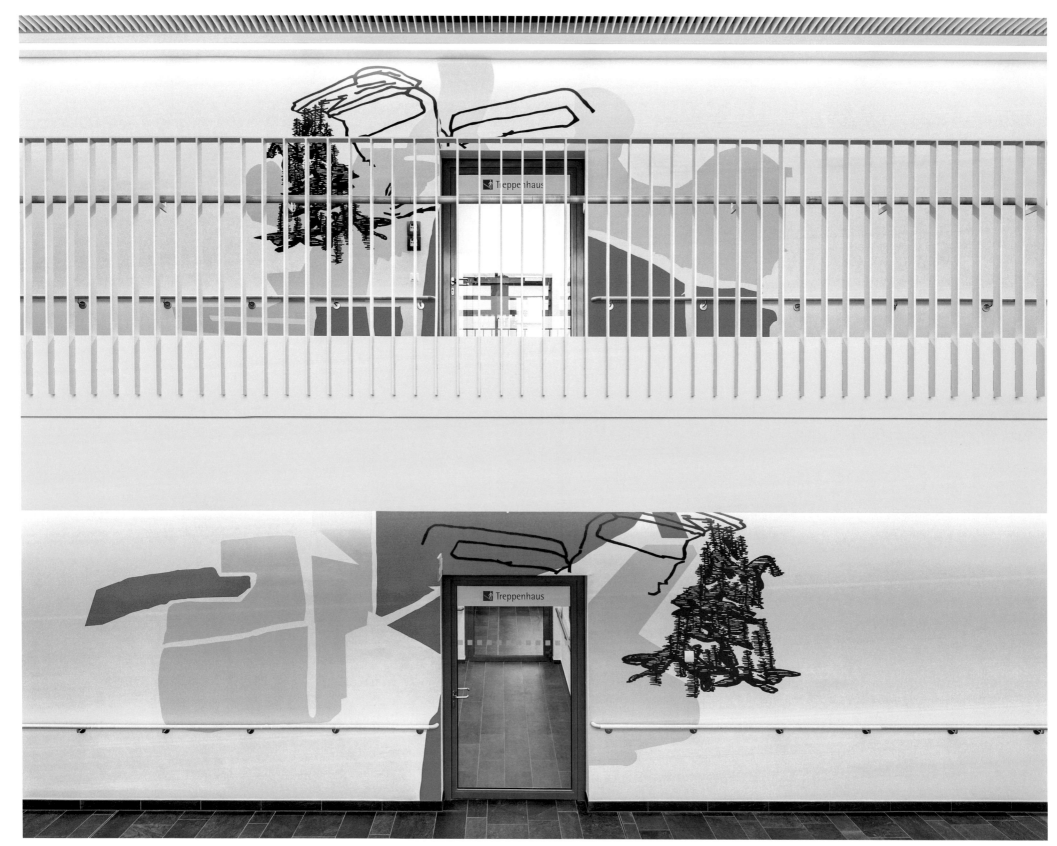

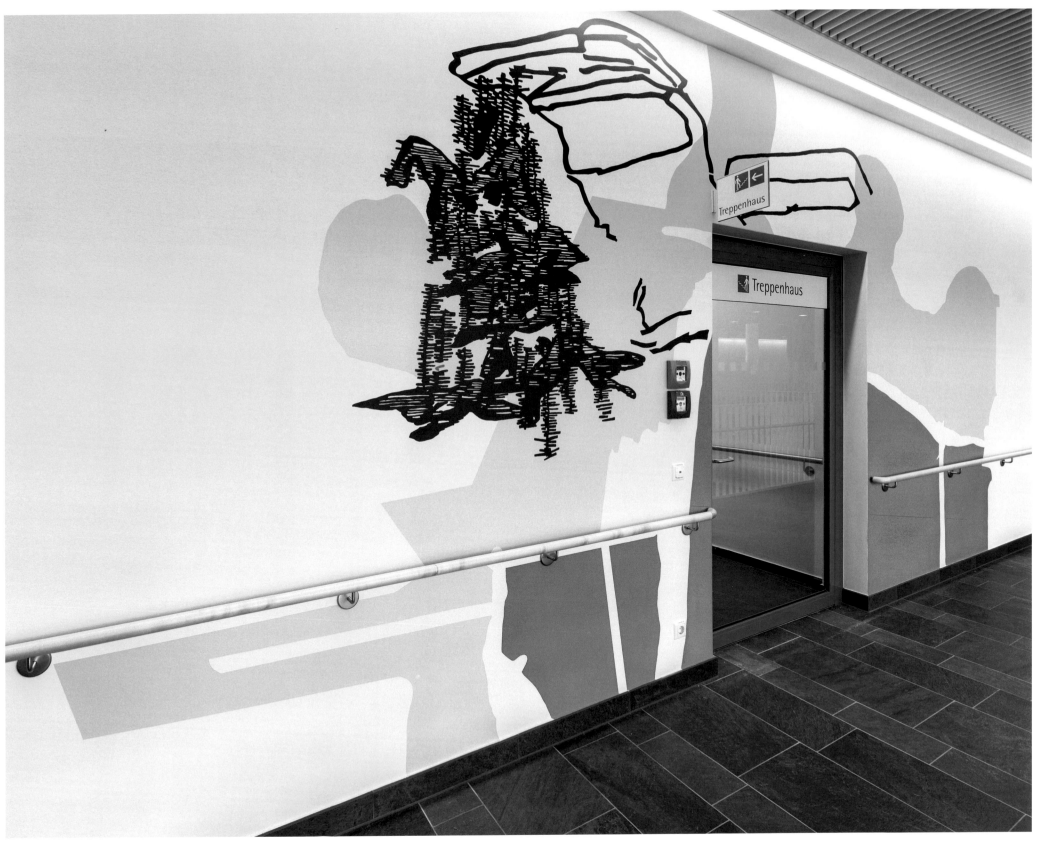

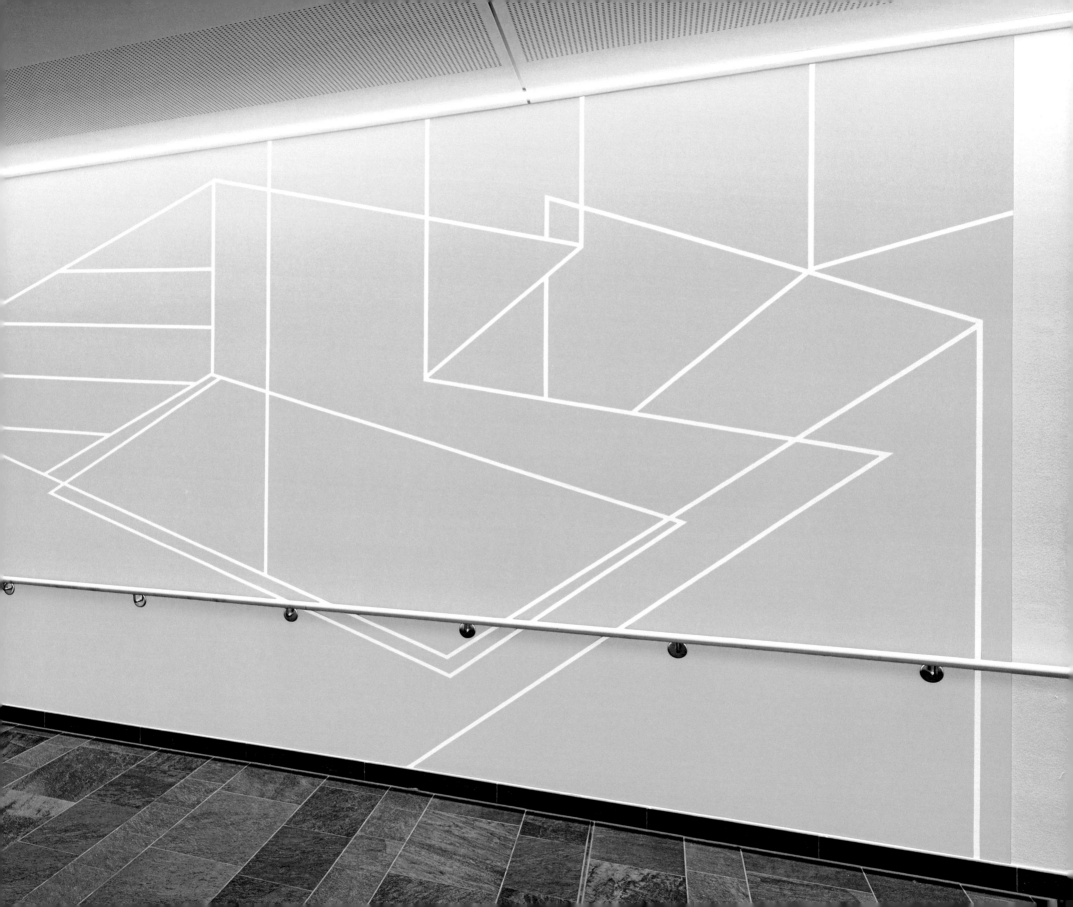

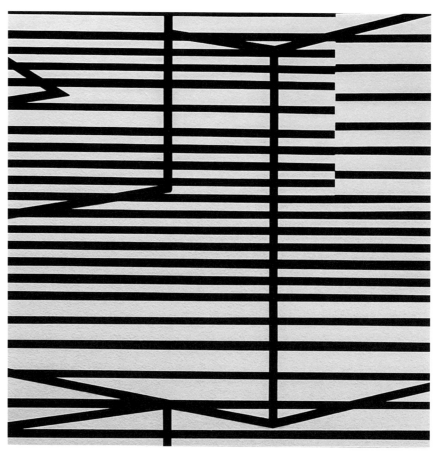

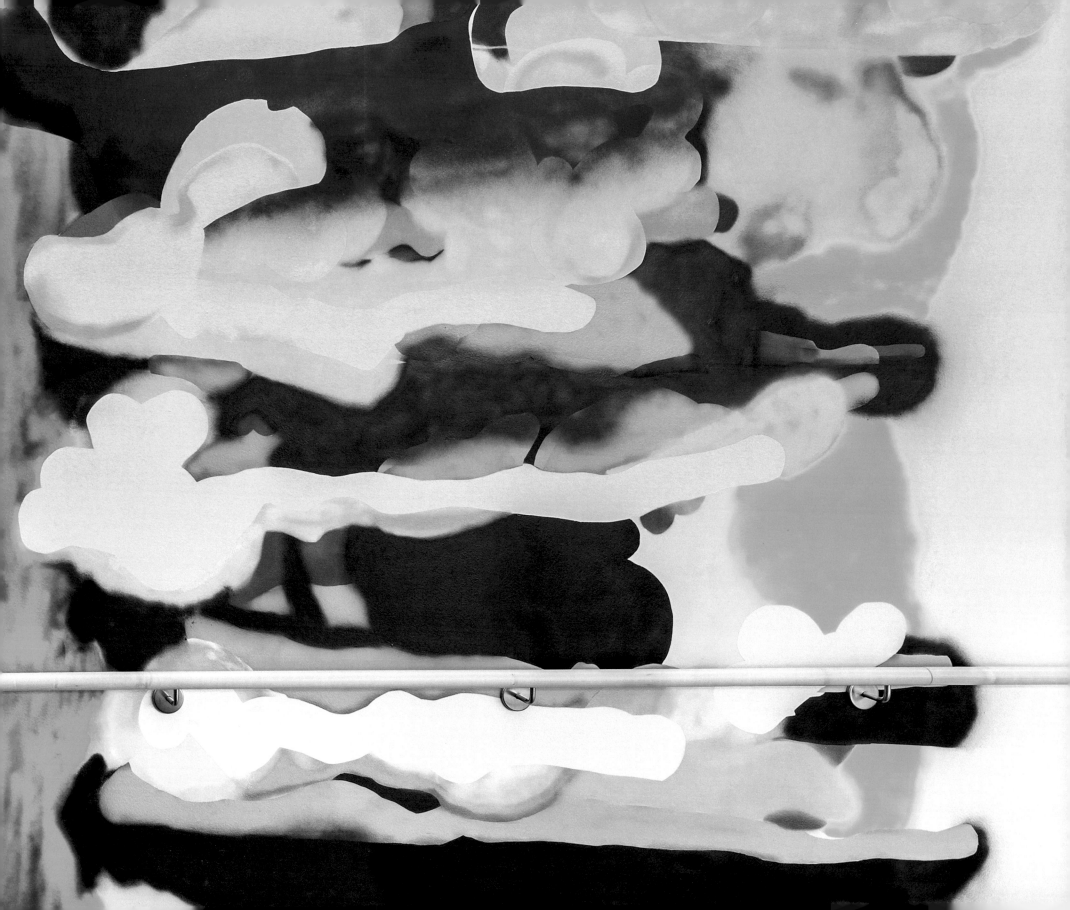

Balance of Power – Power of Balance

Jäger, Harley, Palmtag, Saul
im Schwarzwald-Baar Klinikum
in Villingen-Schwenningen

„Bilder" sind eine anthropologische Notwendigkeit. Auch im modernen Krankenhauswesen spielen sie eine zunehmend wichtige Rolle. Dabei reichen oft schon Kalenderblätter selbst minderer Gestaltungs- und Druckqualität, wenn es darum geht, Kranken und ihren Angehörigen Trost zu spenden und Brücken zum Leben „draußen" zu bauen. Die Möglichkeiten und die Tragweite von Kunst und „Kunst am Bau" dagegen hängen weit stärker von der ästhetischen Sensibilität, Begeisterungsfähigkeit und vom Verständnisvermögen der Betrachter ab. Das neu errichtete Schwarzwald-Baar Klinikum in Villingen-Schwenningen trifft eine symptomatische Unterscheidung. Die Patientenzimmer dort sind mit Fototapeten ausgestattet; Bergbäche, Lavendelfelder und Schwarzwaldhäuser sprechen in idyllischer Postkartenästhetik Natur- und Heimatsehnsüchte an, rühren an kollektiven Bedürfnissen – und leisten vermutlich oftmals gute therapeutische, wenn auch nicht unbedingt gute künstlerische Dienste. Unabhängig davon hat das Baar Klinikum ein anspruchsvolles Kunst-am-Bau-Konzept umgesetzt. Dazu gehören die große abstrakte Stahlplastik von Robert Schad vor dem Eingang der Klinik und die Neonlichtinstallation von Mariella Mosler im Foyer. Das Erscheinungsbild des Klinikinnern prägt ganz wesentlich die weit ausholende Arbeit „Quartett" von Michael Jäger, David Harley, Jürgen Palmtag und Volker Saul. Entlang und zu beiden Seiten der 250 Meter langen wuchtigen Magistrale, die den riesigen Gebäudekomplex mit 46.000 Quadratmetern Nutzfläche erschließt, hat die eigens für dieses Projekt gebildete Künstlergemeinschaft unter der Ägide von Michael Jäger eine außergewöhnlich vielfältige und kontraststarke Kunst am Bau realisiert. Malerei und Zeichnung, Farbe und Nichtfarbe, Abstraktheit und Gegenständlichkeit, Komposition und Struktur, Flächenkunst und morphologische Motivik, vektorhafte Linearstrukturen und weiche Farbkissen, Tektonik und Atektonik: Pointiertes Nebeneinander ist das Maß der Dinge und macht den spannungsvollen Charme der Gestaltung aus.

Das Fundament der großen, auf der hohen Südwand sich über zwei Geschosse erstreckenden künstlerischen Interventionen legen die in Größe, Form und Farbe variierenden Farbfelder von Michael Jäger. Es sind rote, pinke, ockerfarbene oder blaue Querrechtecke mit ausgesparten weißen Linien, die an Planzeichnungen erinnern, Räume andeuten und perspektivisch aus der Zweidimensionalität und dem Horizontal-Vertikal-Gefüge der Wand ausbrechen; das programmatische Gegenstück bilden Jägers freie Kompositionen mit informellen komplementären Farbflächen und teilweise durchfurchten Oberflächen.

Dazu gesellen sich die folienähnlich auf der Fläche haftenden monochromen Wandbilder von Volker Saul. Auch sie sind abstrakt, erinnern aber, vage und rätselhaft bleibend, an Gestänge, Gewächs, Gedärm, Getier oder einfach nur an Farbkleckse. Obwohl die Formen wie mit dem Bügeleisen geglättet und von jeder Detaillierung bereinigt sind, öffnen sie mitunter im Wechselspiel von Positiv- und Negativformen die Oberfläche und erlangen im Einbezug der Wand eine Räumlichkeit und Plastizität, deren rätselhafte Gestaltwerdung selbst zum Wahrnehmungserlebnis wird.

Ähnlich wie die Bilder Sauls, wenn auch in einem ganz anderen Habitus steigen die „Zeichnungen" von Jürgen Palmtag aus tiefen Erinnerungs-, Bewusstseins- und Vorstellungsschichten auf. Eine Hütte, ein Weg, Gehölz oder eine sich in einer Vignette ornamental verlierende, nicht näher zu bestimmende Figur wirken wie Zitate aus dem kollektiven kulturellen Bilder- und Motivrepertoire und rufen Déjà-vus und Erinnerungen hervor: schemenhaft und dunkel, wie das Grau und Schwarz, in denen sie mit hartem Pinsel akribisch an die Wand gezeichnet sind, und flüchtig und bruchstückhaft, wie die aufgebrochene Strichzeichnung, die das Motiv ebenso formt wie sie es auflöst. Die über zwei Meter hohen skizzenhaften Notate hat Palmtag nach Projektionen von Edding-Zeichnungen im DIN A4-Format direkt auf die Wand übertragen. Insofern sind seine „Zeichnungen" – ebenso wie die von Jäger und Saul – Schatten ihrer selbst und ein schöner Konzeptualismus, der Fragen nach dem Wesen und der Wahrheit der Bilder und ihrer Wahrnehmung aufwirft.

Balance of Power –
Power of Balance

**Jäger, Harley, Palmtag, Saul
at the Schwarzwald-Baar Clinic
in Villingen-Schwenningen**

"Pictures" are an anthropological imperative. In modern hospital life, they have come to play an increasingly significant role as well. Here, however, it is often merely the pages from a calendar, even ones of inferior printing and design quality, that must suffice for consoling the ill and their family members or for building bridges to the life "outside". By contrast, the possibilities and scope that art and "art-in-architecture" engender depend much more on the viewer's aesthetic sensitivity and his or her capacities for enthusiasm and comprehension. The recently completed Schwarzwald-Baar Clinic in Villingen-Schwenningen makes a symptomatic differentiation in this respect. Its patients' rooms are outfitted with photographic wallpaper. Mountain streams, fields of lavender and Black Forest cottages appeal to our longings for nature and home using an idyllic language of postcard aesthetics, touching upon our collective needs – and most likely, often attaining good therapeutic results, if not always necessarily in terms of art. Independently of this, the Baar Clinic has implemented a sophisticated art-in-architecture concept. Pieces include the large abstract steel sculpture by Robert Schad at the clinic entrance and the neon light installation by Mariella Mosler in the foyer. The clinic's interior appearance is largely influenced by the sweeping scope of the work, "Quartett", by Michael Jäger, David Harley, Jürgen Palmtag, and Volker Saul. Along, and to either side of the expansive, 250-meter-long main access connecting the different areas of the gigantic building complex that consists of 46,000 sq. m., an exceptionally diverse art-in-architecture of rich contrast has been created by this group of artists, who came together for the sole purpose of realizing this particular project under the aegis of Michael Jäger. Painting and drawing, color and non-color, abstract and figurative art, composition and structure, art on the surface and morphological motifs, vector-like linear structures and soft pillows of color, tectonic and atectonic qualities: A trenchant co-existence is the measure of all things. This is what constitutes the compelling charm of the design.

The foundation of the large artistic interventions extending over two levels along the high south wall is laid with Michael Jäger's color fields of varying size, form and color. These are oblong red, pink, ochre or blue rectangles with blank white lines. Redolent of schematic drawings, they indicate spaces, and in terms of perspective, break out of their two-dimensionality and the horizontal and vertical structure of the wall. The programmatic pendant may be found in Jäger's freehand compositions with informal surfaces, partially furrowed, and in complementary colors.

Joining this are Volker Saul's monochrome pictures that stick foil-like to the surface of the wall. These are abstract as well, and although they remain vague and mysterious, they remind us of rods, growths, guts, creatures, or perhaps, mere splotches of color. Despite the forms seeming as if they had been pressed with an iron and cleaned of any details, they open up the surface, among other things, in the interplay between positive and negative forms. Moreover, by including the wall, they gain a spatial and sculptural quality, whose mysterious formation itself becomes a perceptive experience.

Similar to Saul's pictures, albeit with an entirely different character, the "drawings" by Jürgen Palmtag arise from stories deep in our memory, consciousness, and imagination. A hut, a path, a wood, or an ornamental figure losing itself in a vignette that defies closer definition all seem like quotes from the collective cultural repertory of images and motifs and conjure up memories and feelings of déjà vu. They are hazy and dark, like the gray and black in which they have been meticulously drawn on the wall with a hard brush, and fleeting and fragmentary like the broken-open line drawing, which shapes the motif even as it dissolves it. Palmtag transferred his sketched notations over two meters in height by projecting his Edding drawings in DIN A4 format directly onto the wall. To this extent, his "drawings" – and this applies to Jäger and Saul as well – are shadows of themselves and pose a gratifying conceptualism, which raises questions concerning the essence and the truth of the images and their perception.

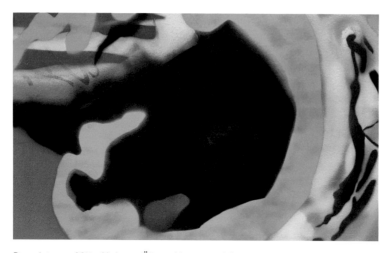

Das virtuose Mit-, Neben-, Über-, Unter- und Gegeneinander von Hard Edge, Informel und schwarz-grau-weißer Freihandzeichnung komplettieren die Spraystücke von David Harley: sfumatohaft aufgeweichte Schlierengebilde und Schwünge mit Tendenzen zu lyrischer Abstraktheit und orphistischem Farbenrauschen.

Das Joint Venture von Michael Jäger, David Harley, Jürgen Palmtag und Volker Saul führt zu einer einzigartigen Zusammenballung exquisiter Bilderfindungen. Manchmal alleine, überwiegend aber zu zweit, zu dritt oder zu viert haben sich die Künstler an die ausgewählten Wandabschnitte begeben, wo sie mit individuellem Können glänzen und dabei eine wunderbare Balance of Power und Power of Balance an den Tag legen.

Die einzelnen „Stücke" verbinden sich entlang der Magistrale zu einer weit ausholenden Komposition, die sich bei wechselnden Tempi und Rhythmen mit Leitmotiven, Analogien, Repetitionen und Variationen sinfonisch in horizontal und vertikal verschränkten Spannungsbögen und Spiegelungen aufbaut. Das Verhältnis der Kunst zum Bau ist komplex, sogar ambivalent. Denn einerseits ordnen die Künstler die Bilder den architektonischen Gegebenheiten unter; sie respektieren jede Nische, jede Ecke, jede Fuge und reagieren auf die Umgebung. Insbesondere Jägers Interventionen sind als Paraphrasen und freie Adaptionen der architektonischen Verhältnisse und vorhandenen Gebäudeteile zu lesen. Sie spielen und rechnen mit dem auf der Südseite reich einfallenden Licht und vielfältigen Schatten; sie korres-

pondieren mit den Lüftungsgittern der Decke, mit Brüstungsgittern, Türrahmen und Nischen. Selbst Flucht- und Rettungspläne, Rauchabzugs- und Feuermelder, Lichtschalter, Steckdosen und Treppenhaussymbole fügen sich problemlos ins Gesamtbild eines überbordenden Formenreichtums.

Andererseits bauen Jäger/Harley/Palmtag/Saul ihre Kunst am Bau für den Betrachter als Antithese der Architektur und als autonome Erlebnissphäre auf. Die „Bedeutung" der Gestaltung ist wie mit Händen ‚greifbar', erschließt sich aber nicht über ‚Begriffe'. Die suggerierten Perspektiven und Räume, die Symbolhaltigkeit der Farben und Formen und die angedeuteten, niemals ganz ausgedeuteten Motive lassen Spielraum für persönliche Aneignungen und Assoziationen.

Viele Bauherren, Nutzer und auch Künstler folgen im Bereich des Gesundheitswesens den mittlerweile recht ausgetüftelten Mustern des „healing environment", der heilungsfördernden Umgebungsgestaltung. Die Kunst von Jäger/Harley/Palmtag/Saul allerdings beharrt darauf, auch im Krankenhaus voll und ganz und ohne therapeutische Konzessionen Kunst zu sein. Sie verweigert sich motivischen Versprechungen und bildlichen Vertröstungen ebenso wie einschmeichelnden Farblichtstimulationen oder lieblichen Abstraktionen von Himmel, Erde und Wasser. Auch als Kunst im Krankenhaus bleibt sie ein Akt einer ganzheitlichen Ansprache, bei der sich ureigene künstlerische Qualitäten und ästhetisches Erleben, Geist und Gefühl, Intellekt und Sinnlichkeit auf Augenhöhe begegnen.

Martin Seidel

This virtuoso co-existence of Hard Edge, Art Informel, and black-gray-white freehand drawing occurring side-by-side, over, under and opposite one another, is rounded out with spray pieces by David Harley. Sfumato-like and softened, these smeary structures and oscillations tend towards lyrical abstraction and Orphic raptures of color.

The joint venture undertaken here by Michael Jäger, David Harley, Jürgen Palmtag, and Volker Saul leads to a unique agglomeration of exquisite image inventions. Sometimes alone, but mostly in groups of two, three or four, the artists set to work on the selected sections of the walls where they shine with their individual skills, producing in the process a wonderful Balance of Power and Power of Balance.

Along the main access way, the individual "pieces" connect to form a broad compositional expanse, creating a symphonic crescendo of changing tempi and rhythms with leitmotifs, analogies, repetitions, and variations in horizontally and vertically meshed phrasings and reflections. The art's relationship to the building is complex, even ambivalent. The reason why is that, on the one hand, the artists subordinate their pictures to the given architecture. They respect each niche, each corner, each seam, and react to the environment. In particular, Jäger's interventions may be regarded as paraphrases and free adaptations of the architectural conditions and existing

parts of the building. They play and reckon with the abundance of light and diverse shadows that fall on the south side; they correspond to the ventilation grating in the ceiling, parapet grids, doorframes, and niches. Even the signs marking escape and rescue routes, smoke and fire alarms, light switches, wall sockets, and stairway symbols integrate with ease into the overall picture of the exuberant wealth of forms.

But on the other hand, Jäger/Harley/Palmtag/Saul build up their art-in-architecture for the viewer as an antithesis of the architecture, and as an autonomous realm of experience. The "meaning" of the design seems as if it might be "grasped" with the hands, but it is not to be comprehended in terms of "concepts". The perspectives and spaces suggested, the symbol-like nature of the colors and forms, and the motifs that are implied but never wholly explained allow space for personal appropriations and associations.

In the healthcare business, many builders, users, and even artists meanwhile follow fairly elaborate models for achieving a "healing environment". The art of Jäger/Harley/Palmtag/Saul, however, does not make therapeutic concessions. Instead, it maintains its integrity as art even in the hospital environment. It refuses to make any promises or provide consolation via motifs and images. Likewise, it forgoes any mellifluous color-light stimulations or saccharine-sweet abstractions of the sky, earth and water. Even as an art for the hospital, it remains an act of holistic appeal, in which original artistic qualities and aesthetic experiences, spirit and emotion, intellect and sensibility all meet on a par.

Martin Seidel

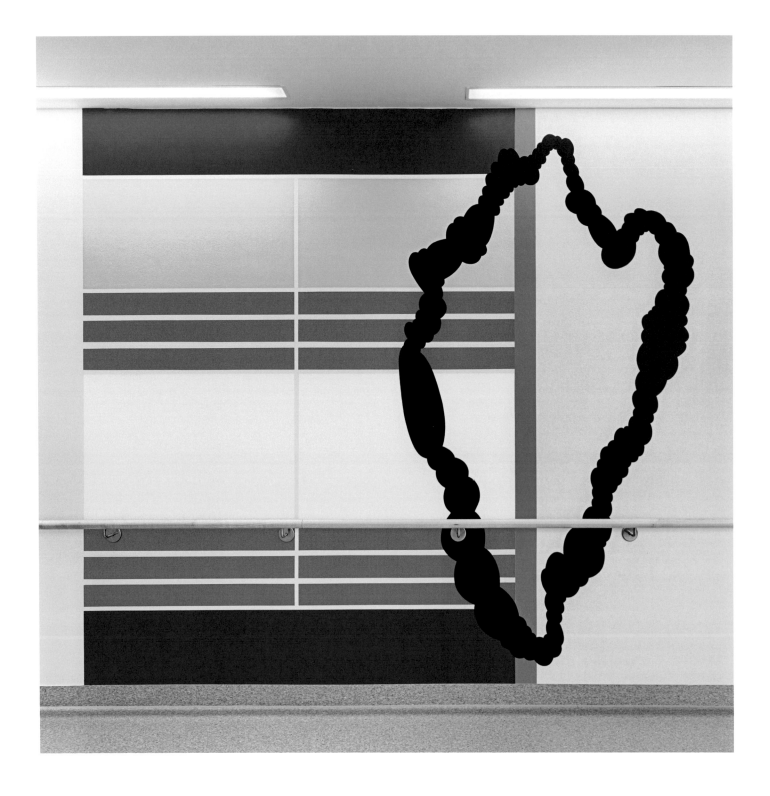

43

DAVID **HARLEY**   MICHAEL **JÄGER**

JÜRGEN **PALMTAG** VOLKER **SAUL**

Fill..., 2004
pigmentierter Inkjet-Druck auf Papier
1540 x 380 cm
VCA Gallery, Melbourne

DAVID **HARLEY**

1961 geboren in Melbourne, Australien
lebt und arbeitet in Melbourne

www.davidharley.net

File_eu, 2008
Inkjet-Druck auf Papier
Nassauischer Kunstverein (NKV), Wiesbaden

unten links: File_49a & File_49c, 2011
pigmentierter Inkjet-Druck und Sprühfarbe auf Papier
Charles Nodrum Gallery, Melbourne

unten rechts: File-corner, 2008
Sprühfarbe, 300 x 500 cm
Nassauischer Kunstverein (NKV), Wiesbaden

Pavel 1, 2011-2012
Goethe Institut Prag,
9,20 x 11,40 m
Wandfarbe, Acryllack

Ulmer Farblabor, 2011
ZSW - e Lab, Ulm
2,90 x 100,50 m
Wandfarbe, Öl, Lack auf Aluminium

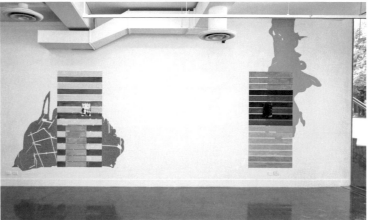

MICHAEL **JÄGER**

1956 geboren in Düsseldorf
lebt und arbeitet in Köln

www.michaeljager.com

oben links: Worauswodurch, 2010
Städtische Galerie Waldkraiburg
3,25x 7,90 m
Acryllack, Acrylglas, Öl

oben rechts: SWOOP 4 und 5, 2010
RMIT Galerie, Melbourne, Australien
3,70 x 8,20 m
Wandfarbe, Acryl, Acrylglas, Öl

Zwischenraum, 2006
Kunsthalle Recklinghausen
4,20 x 15,40 m
Acryllack, Acrylglas, Öl

Pausenhof,
Gewerbliches Schulzentrum Balingen, 2005
Lacke und Fahrbahnmarkierungsfarbe
auf Trapezblech / Beton / Asphalt

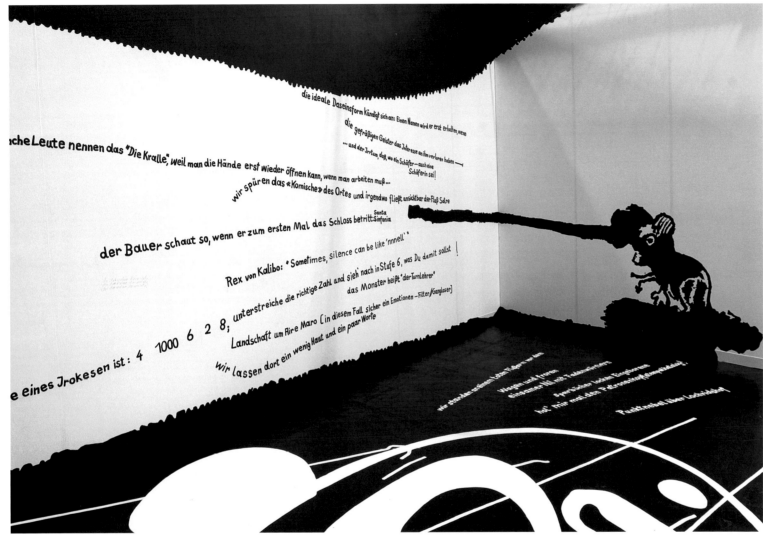

die ideale Daseinsform kündigt sich an: Einen Namen wird er erst erhalten, wenn

die gefräßigen Geister das Interesse an ihm verloren haben —

... und der Irrtum, daß, wo ein Schäfer — auch eine Schäferin sei!

 che Leute nennen das "Die Kralle," weil man die Hände erst wieder öffnen kann, wenn man arbeiten muß ...

wir spüren das «Komische» des Ortes und irgendwo fließt unsichtbar der Fluß Sahre

der Bauer schaut so, wenn er zum ersten Mal das Schloss betritt Santa Sinfonia

Rex von Kalibo: " Sometimes, silence can be like 'nnnell' "

das Monster heißt "der TurnLehrer"

unterstreiche die richtige Zahl und sieh nach in Stufe 6, was Du damit sollst !

Landschaft um Aire Maro [in diesem Fall sicher ein Emotionen — Filter/Gangloser]

e eines Irokesen ist: 4 1000 6 2 8;

wir lassen dort ein wenig Haut und ein paar Worte

JÜRGEN **PALMTAG**

1951 geboren in Schwenningen/Neckar
lebt und arbeitet in Schömberg-Schörzingen

www.Ferenbalm-GurbrueStation.de

ART Frankfurt 2004,
Projektstand der Galerie Epikur
Dispersion auf Wände und Boden

unten links: COCORICO!
Kunstverein Reutlingen, 2002
3 m x 116 m, Dispersion auf Papier

unten rechts:
Kundenhalle Volksbank Villingen, 2012
ca. 8 x 8 m, Acryl-Lacke
auf Wand und Wabenaluminiumplatten

Ohne Titel
Wandmalerei, 420 x 1600 cm
Kunstverein Mönchengladbach, 2009

Ohne Titel
Wandmalerei, 390 x 420 cm
Halle 10, Köln, 2007

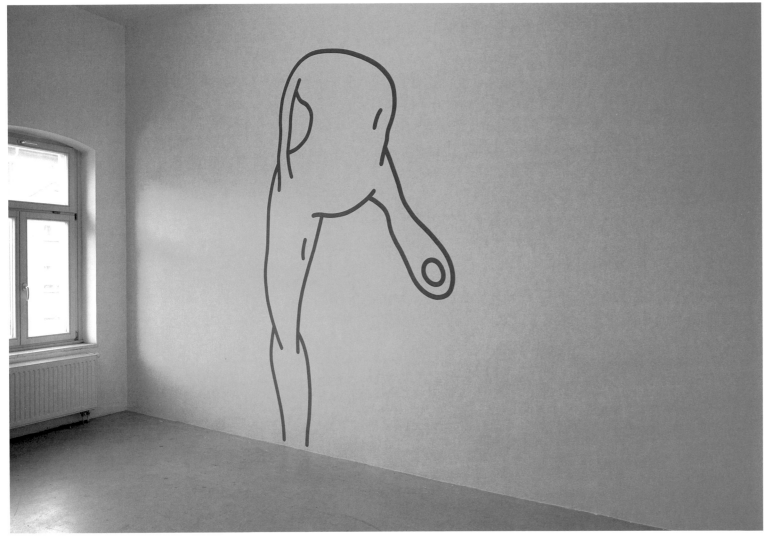

VOLKER **SAUL**

1955 geboren in Düren
lebt und arbeitet in Köln

www.volkersaul.de

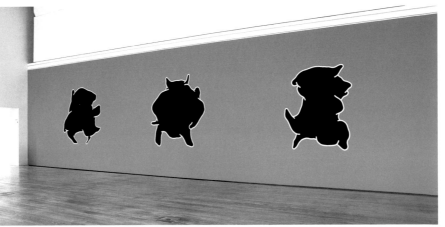

Ohne Titel
Wandmalerei, 395 x 560 cm
Atelier Köln, 2007

unten links: Ohne Titel
Wandmalerei, 320 x 400 cm
Galerie Jones, Köln, 2009

unten rechts: Ohne Titel,
Wandmalerei, 375 x 1400 cm
Rheinisches Landesmuseum Bonn, 2005

Technische Daten

Im Dezember 2010 wird der Künstler
Michael Jäger zur Teilnahme am Kunst am Bau
Wettbewerb **Neubau Klinikum Villingen-
Schwenningen – Bereich Magistrale** eingeladen.

März 2011: Michael Jäger lädt die Künstler
Jürgen Palmtag, Volker Saul und David Harley
zur gemeinsamen Entwicklung des
Kunst am Bau-Projektes mit Wandmalereien ein.

April - Juni 2011: Die Wandmalereien für die
Nord- und Südseite der Magistrale im Neubau des
Klinikums Villingen-Schwenningen werden
gemeinsam entwickelt.

Im Juni 2011 stellt die Arbeitsgemeinschaft der
Jury ihren Wettbewerbsbeitrag vor und gewinnt den
Wettbewerb.

Juli 2011:
Beauftragung der Arbeitsgemeinschaft.

März 2013: Ausführung der Wandmalereien im
Neubau durch Michael Jäger, Jürgen Palmtag,
Volker Saul, David Harley und mit Assistenz von
Peter Schloss.

Gesamtlänge der Magistrale
(Nord- und Südseite, je 2 Ebenen): 1.000 m

Gesamtlänge der ausgeführten
Wandmalereien: 176 m

Höhe Stockwerk unten 3,20 m,
Höhe Stockwerk oben 2,90 m
Hallenhöhe: 7,55 m

Die Wandmalereien wurden mit Lacryl-PU Lacken
und Sprayfarben direkt auf der Wand ausgeführt.

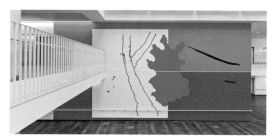

7,55 x 15,60 m

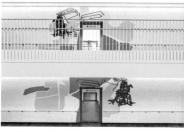

7,55 x 7,75 m

3,20 x 6,70 m

3,05 x 6,40 m

3,20 x 15,70 m

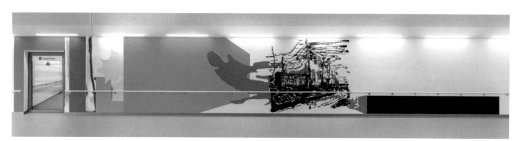

2,80 x 18,80 m

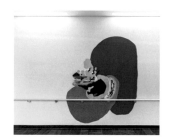

2,30 x 2,70 m

3,20 x 9,70 m

3,20 x 2,80 m

3,20 x 23,00 m

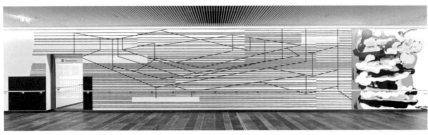

3,05 x 17,30 m

Time Line and Specifications

In December 2010, the artist Michael Jäger was invited to participate in a competition for an art in buildings commission for the main corridor for the **Villingen-Schwenningen Hospital**.

March 2011: Michael Jäger invites the artists Jürgen Palmtag, Volker Saul and David Harley to join him in making wall paintings for this art in buildings project.

April - June 2011: The concept designs for the wall paintings for the north and south side of the main corridor for the new hospital of Villingen-Schwenningen are jointly developed.

In June 2011, the competition entry is presented to the jury and wins the competition.

July 2011:
The artist are appointed for the joint venture.

March 2013: The wall paintings are constructed in the new building by Michael Jäger, Jürgen Palmtag, Volker Saul, David Harley with the assistance of Peter Schloss.

Total length of the the main corridor (north and south sides, each with 2 levels): 1,000 m

Height of lower floor is 3,20 m, height of upper floor is 2,90 m
Overall height is 7,55 m

The murals were executed with Acrylic PU (reinforced polyurethane) paints and spray paint directly on the wall.

3,05 x 2,00 m

7,55 x 12,00 m

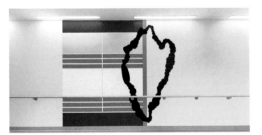

2,80 x 3,55 m

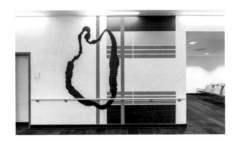

3,20 x 3,10 m

2,80 x 6,70 m

3,20 x 3,50 m

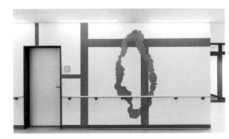

3,20 x 4,80 m

Impressum

Diese Publikation erscheint anlässlich der Fertigstellung
der Wandmalereien im Schwarzwald-Baar Klinikum,
Villingen-Schwenningen, Juli 2013 im Verlag Kettler, Bönen
www.verlag-kettler.de

Texte: Wendelin Renn, VS-Schwenningen, Dr. Martin Seidel, Bonn
Übersetzungen: Elizabeth Volk, Sinzig
Fotografie: John Brash (S. 54), Olaf Bergmann, Witten (S. 59),
Martin Duckek, Stuttgart (S. 56), David Harley (S. 55),
Wolfgang Günzel (S. 55), Michael Jäger (S. 57),
A. Paola Neumann, Berlin (S. 58), Alistair Overbruck, Köln (S. 60, 61),
Tomas Soucek, Prag (S. 56), Jochen Stüber, Hamburg (S. 2),
Horst Ziegenfusz, Frankfurt (S. 59),
alle übrigen Photos Bernhard Strauss, Freiburg
Gestaltung: Missmahl Grafik-Design AGD, Köln
Gesamtherstellung: DruckVerlag Kettler GmbH, Bönen
Auflage: 800 Exemplare

ISBN 978-3-86206-329-1

Die Künstler danken Peter Schloss, Bauleiter Markus Scholz
und seinen Mitarbeitern sowie allen Personen, die zum Gelingen
des Projektes beigetragen haben.

Mit freundlicher Unterstützung von

Brillux
..mehr als Farbe